看故事學語文

看故事
學句子 **1**

像木頭一樣的包包王子

方淑莊　著

新雅文化事業有限公司
www.sunya.com.hk

看故事學語文

看故事學句子 ①
像木頭一樣的包包王子

作　　者：方淑莊
插　　圖：靜宜
責任編輯：葉楚溶
美術設計：李成宇　鄭雅玲
出　　版：新雅文化事業有限公司
　　　　　香港英皇道 499 號北角工業大廈 18 樓
　　　　　電話：（852）2138 7998
　　　　　傳真：（852）2597 4003
　　　　　網址：http://www.sunya.com.hk
　　　　　電郵：marketing@sunya.com.hk
發　　行：香港聯合書刊物流有限公司
　　　　　香港荃灣德士古道 220-248 號荃灣工業中心 16 樓
　　　　　電話：（852）2150 2100
　　　　　傳真：（852）2407 3062
　　　　　電郵：info@suplogistics.com.hk
印　　刷：中華商務彩色印刷有限公司
　　　　　香港新界大埔汀麗路 36 號
版　　次：二〇一九年六月初版
　　　　　二〇二三年三月第二次印刷

目錄

很高興得悉方淑莊老師所撰寫的《看故事學語文》系列叢書大受歡迎,家長更希望方老師繼續寫一些生動有趣的故事,令孩子從中得到啟發,增長他們語文知識和能力,所以今年又有《看故事學句子》的嘗試。方老師的努力實值得欣賞。

一如以往,故事還是發生在王國裏,主角都是國王、王子和侍從等,每一個角色的性格都很鮮明,發生的事都很有趣,可看出方老師的心思。其實要寫這類文章並不簡單,構思的故事要合情合理又能令人會心微笑,實在需要不少的創意。

我和其他家長一樣,也很期待方老師的新書面世,讓學生繼續可以一邊閱讀,一邊學習句子。一舉兩得,多好。

陳家偉博士

優才書院校長

我很榮幸受到方淑莊老師所託,為她的新書撰寫序言。方老師在我校任職中文教師超過十年,我見證着她這些年為教學理想而作出的種種努力。方老師所設計的課堂讓學生跳出沉悶的教與學框架,以活動形式學習,每堂課都生動有趣,學生踴躍地參與其中。我還記得她親自編曲,寫成故事《大自然真可愛》,教導孩子們學習動物和大自然的聲音,孩子們邊唱邊跳,輕而易舉地學會了擬聲詞。下課後,孩子們還津津樂道,唱個不停,跳個不休。

一篇好的文章,除了講求結構及修辭之外,文句通順與否亦很重要。因此,學習句子是建立寫作基礎的重要一環。為了讓孩子們從愉快中學習各種句子的寫法,方老師可謂不辭勞苦。除了構思有趣的故事之外,還要把學習重點融入到故事當中,實屬不易。本書《看故事學句子》中的故事,以簡潔易明的字詞寫成,內容淺白有趣,是小學生課餘閱讀的好材料。方老師筆下的包包王子、森森王子、阿東等,都是一個個活潑生動的角色,故事情節更是曲折離奇、充滿驚喜,使人開始閱讀

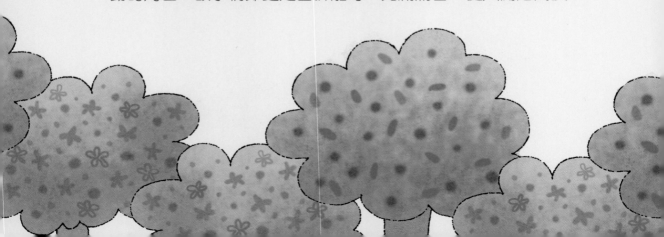

後便欲罷不能，相信同學們在閱讀本書時能找到樂趣之餘，亦能感受到方老師的用心。

　　方老師犧牲自己的休息時間，從繁忙的教學工作中抽出時間寫作，實屬難得。如今方老師的新作能順利出版，我衷心地為她感到高興。希望她能堅持不懈，繼續為理想奮鬥，將來出版更多富教育意義並充滿趣味的書本，和更多同學分享學習語文的樂趣。

李業富博士

優才教育基金會主席
天才教育協會創會會長
優才書院、香港數學奧林匹克學校創辦人

　　學習中文是個漫長且需要堅持的過程，我們不可奢望可以一蹴而就。要有扎實的語文根基，就必需按部就班。字不離詞，詞不離句，句不離文，句子是構成文章的基本，因此句子教學是語文教學中重要的一環。初小的孩子剛踏入學習書面語的基礎階段，讓他們掌握不同的句子，理解句子的組成，更是一項重要的任務。

　　教導小孩，要避免把事情複雜化，強行說出複雜的準則、理論，只會令孩子混亂，甚至失去學習興趣。我深信，把複雜道理簡單化，抽象事情具體化，才是最有效的學習方法。教育最重要是提高學生對學習的興趣，而以故事模式學習語文正能達到這個目標。

　　對初小學生來說，興趣是他們學習的最大動力。幾年前，我開始撰寫《看故事學語文》系列，希望透過故事，讓孩子透過生動、活潑的方法學習不同的語文知識，讓他們在故事情境中學習和體會，提升學習的興趣和能力。轉眼間，我已經完成了《看故事學修辭》、《看故事學標點符號》、《看

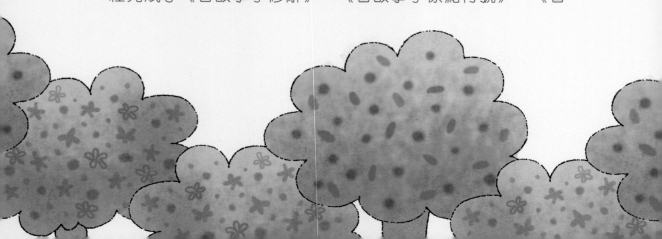

故事學閱讀理解》，感謝出版社和讀者們的幫助和支持，今年再度推出《看故事學句子》。《看故事學句子》從最基本的直接句、轉述句、四素句等說起，並輯錄了幾個初小常用的複句，讓學生輕鬆學習不同的句子，幫助他們順利過渡到段落及篇章寫作。

　　工作雖忙，但我希望可以為孩子多走一步，讓他們愛上語文，愛上閱讀，把閱讀變成學習中最快樂的環節，不要以為學習語文只是一件沉悶的事情。

方淑莊

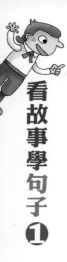

直接句和轉述句

害人終害己

　　句式國國王有兩個兒子，包包王子和森森王子，他們的樣子很相似，性格卻很不相同。哥哥包包王子品性善良，為人單純老實；弟弟森森王子機智敏銳，但有點狡猾。包包王子處事沒有機心，很容易就會相信別人，經常吃虧，更曾經被人利用，令國王非常擔心。因此，國王對他照顧有加，特別呵護他。森森王子認為國王特別寵愛哥哥，總是將最好的留給他，不禁對他產生了嫉妒。

　　國王的六十歲生日快到了，句式國即將會舉行一個盛大的慶祝宴會，邀請各方好友

來參加。為了隆重其事，國王找了全國最好的裁縫，為兩位王子準備了華麗的禮服，讓他們於派對中穿着，聽說其中一件更鑲了價值連城的夜明珠。

過了幾天，裁縫告訴國王他已經把禮服做好了。於是，國王便請<u>包包</u>王子來到會議室，沒有被邀請的<u>森森</u>王子非常生氣，心

想：一定又是把最好的給哥哥了。他很不服氣，便私下找來國王的近身侍從——阿東，說：「聽說國王約了包包王子見面，討論關於禮服的事，我想你向我轉述他們的談話內容。」阿東露出一臉尷尬的表情，他不想背叛國王，想拒絕卻又不好意思。

接着，森森王子把一袋金幣塞到阿東的

手裏，説：「我只是有點好奇，想早些知道禮服是什麼模樣，預備好飾物來配襯，沒什麼其他想法。」阿東心想：他一定是心懷詭計，但他好歹也是個王子，我不能當面拒絕他。於是，阿東想出一個好辦法，打算識破王子的計劃。他假意收下金幣，一口答應了森森王子的請求，然後説：「我會把國王跟

直述句和轉述句

把字句和被字句

句子語氣

遞進複句

13

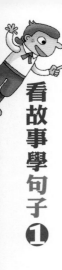

包包王子說的話直接寫給你。」

　　中午時候，包包王子來到會議室，國王跟他討論了一些政務問題，就開始講及禮服的事了。國王說：「王子的禮服都做好了，你的放在東房，他的放在西房。」侍從阿東牢牢記住了國王的話，趁着國王午睡時寫了一張字條，放在森森王子房間前的草叢裏。字條上寫着：

> 王子的禮服都做好了，你的放在東房，他的放在西房。

　　森森王子看到字條，馬上走到西房看看，他一推門，看到掛在架上的禮服，上面鑲着一顆晶瑩剔透①的夜明珠，不禁說：「這

釋詞　　① 晶瑩剔透：形容器物精緻、光亮透明的樣子。常用於形容各種寶石。

顆夜明珠真的很好看！」可是，他一想到國王對<u>包包</u>王子特別偏心，心裏很不服氣，自言自語地說：「果然是把最好的都留給他！」然後失望地離開西房。

　　過了幾天，國王知道<u>包包</u>王子已經看過了自己的禮服，便再次請他來見面，說：「最後決定把夜明珠送給他，相信你也會贊成，不會計較。」<u>阿東</u>聽到國王的話，便再次寫上一張字條給他：

> 最後決定把夜明珠送給他，相信你也會贊成，不會計較。

　　看到這張字條後，<u>森森</u>王子心裏更是難受，一時按捺不住[1]，就在桌子上拿起一把

釋詞　　① 按捺不住：無法抑制、忍耐。

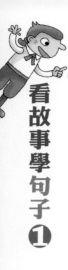

剪刀，走進了西房，在禮服的後面刺了一個大洞，憤怒地說：「就讓你在宴會中出醜，消一消我心頭之恨①。」

到了國王生日那天，國王吩咐阿東親自帶<u>森森</u>王子去穿上禮服，準備出席宴會。<u>森森</u>王子很不情願地跟着<u>阿東</u>，怎知道<u>阿東</u>一手把西房的門推開，說：「尊貴的<u>森森</u>王子，這就是國王給你的禮服，請趕快穿上。」

<u>森森</u>王子覺得很奇怪，搖搖頭說：「我的禮服還在東房啊！」<u>阿東</u>裝傻地說：「我沒有說錯，國王的確說東房的禮服是<u>包包</u>王子的。」<u>森森</u>王子不明所以，從口袋裏找出一張皺巴巴的紙條，交給<u>阿東</u>。<u>阿東</u>接過字條，理直氣壯地說：「沒錯，這正是國王的

釋詞　① 心頭之恨：心中的怨恨。

安排。國王對着<u>包包</u>王子說：『你的放在東房，他的放在西房。』我已經直接把話告訴了你。」

　　<u>森森</u>王子請<u>阿東</u>轉述國王的話，<u>阿東</u>卻把國王的話直接寫在字條上，這真是一個天大的誤會！不懷好意的<u>森森</u>王子害人終害

己，為了避免被人知道自己的所作所為，默默地穿上破爛的禮服，賓客們看到他屁股前的一個大洞，不禁偷偷地笑呢！

句子小教室

　　森森王子不懷好意，請阿東轉述國王的話，心思細密的阿東當然不會出賣國王，他假裝答應，還回應森森王子說：「我會把國王跟包包王子說的話直接寫給你。」森森王子不以為然，以為便條上的句子是轉述句，結果害人終害己，把自己的禮服剪破，出醜於人前。

什麼是直述句和轉述句？

　　敘述說話有兩種方式，就是直述句和轉述句。

一、直述句

　　直述句是直接引述別人的話，除了把說話的內容原原本本地記下來，還要把說話者的語氣和態度具體地表達出來，讓讀者仿如在親身聆聽一樣。由於是直接引述，句子多會使用冒號及引號。

例子

1. 國王說：「王子的禮服都做好了，你的放在東房，他的放在西房。」

19

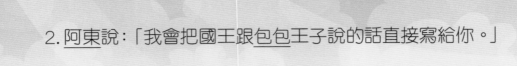

2. 阿東說：「我會把國王跟包包王子說的話直接寫給你。」

二、轉述句

　　轉述句就是以第三者的角度來轉述別人的話，只要清楚交代說話內容，不需要太着重語氣和說話的情感。由於是轉述別人的話，而不是直接引述，所以不能使用冒號及引號。

例子　裁縫告訴國王他已經把禮服做好了。

直述句和轉述句的轉換

　　直述句改為轉述句時，句中的標點符號、語氣、代詞和字詞四方面都有調整。

一、標點的改換

　　直述句中常用的引號、冒號在轉述句中要刪去，有時也會將冒號改為逗號。

例子

直述句：

阿東裝傻地說：「我沒有說錯，國王的確說東房的禮服

是<u>包包</u>王子的。」

轉述句：

<u>阿東</u>裝傻地表示他沒有說錯，國王的確說東房的禮服是<u>包包</u>王子的。

二、語氣的改換

　　直述句有不同的說話語氣，例如感歎、疑問等，在轉述句中一律會改換成陳述語氣。因此，要把句中的感歎號和問號刪除，改成句號作結尾。如說話中有反問句，也應該改為陳述句。

　　一般來說，轉述句只需要清楚地表達說話的內容，如果想把說話的語氣、感情充分地表達出來，就要使用直述句了。

例子

直述句：

<u>森森</u>王子說：「我的禮服還在東房啊！」

轉述句：

<u>森森</u>王子表示他的禮服還在東房。

三、代詞的改換

　　當由直述句改為轉述句時，要注意人稱代詞和指示

代詞的使用。

　　直述句中的第一人稱代詞要轉換成第三人稱，即「我」改為「他」或「她」，「我們」改成「他們」或「她們」；而直述句中的第二人稱代詞，即「你」，需視乎內容轉換成第一或第三人稱。

　　我們嘗試從轉述說話的那個人來看：第二個人轉述給第一人（自己）時，直述句中的「你」改為「我」；「你們」改成「我們」。

例子

直述句：
國王對我說：「這份文件是你的。」
轉述句：
國王告訴我那份文件是我的。

　　第三個人轉述給第四個人時，直述句中的「你」改為「他」或「她」，「你們」改成「他們」或「她們」。

例子

直述句：
國王對王后說：「我還要工作，請你先回去休息。」
轉述句：
國王告訴王后他還要工作，請她先回去休息。

另外，近指的代詞「這」也需要轉換成遠指的代詞「那」。

例子

直述句：

阿東說：「尊貴的森森王子，這就是國王給你的禮服，請趕快穿上。」

轉述句：

阿東告訴尊貴的森森王子，那是國王給他的禮服，請他趕快穿上。

四、字詞的改換

把直述句改為轉述句時，我們不能改變句子的原意，但有時候仍需要適當地刪減或改寫一些詞語。如「說」可改成「告訴」、「表示」、「提出」等。

例子

直述句：

森森王子說：「這顆夜明珠真的很好看！」

轉述句：

森森王子表示那顆夜明珠很好看。

句子練習

一、分辨以下的句子是直述句，還是轉述句，將答案圈起來。

1. 媽媽說：「快下雨了！快把衣服收回來！」

（ 直述句 / 轉述句 ）

2. 老師對同學說他們班上有一位新同學。

（ 直述句 / 轉述句 ）

3. 廚師表示他會按客人的口味來烹調食物。

（ 直述句 / 轉述句 ）

4. 妹妹微笑着說：「明天，我要去主題公園遊玩。」

（ 直述句 / 轉述句 ）

5. 啦啦隊向着參賽者喊道：「加油啊！努力啊！」

（ 直述句 / 轉述句 ）

6. 爸爸告訴我明天他不用上班去。

（ 直述句 / 轉述句 ）

二、把以下的直述句改為轉述句，將答案寫在橫線上。

例子 哥哥告訴妹妹：「我是一個好孩子。」

哥哥告訴妹妹他是一個好孩子。
_____

1. 老師對我說：「我在忙，請你先回教室去吧！」

_____

2. 我問哥哥：「你為什麼不吃糖果？」

_____

3. 媽媽告訴文偉：「你考獲全班的第一名。」

_____

25

把字句和被字句

一字之差

國王很喜愛太陽花，可是王宮裏的花園陽光不足，種出來的花總是開得不夠燦爛，他知道在王宮附近的一個島嶼①全年陽光普照、雨水充足，種出來的花又大又好看。國王把這個小島命名為<u>太陽島</u>，更在島上建了一間別墅。別墅周圍種滿了他最愛的太陽花，他把太陽花當為寶貝，對一花一葉都珍而重之②。

釋詞　① **島嶼**：在海洋中或湖泊中，四周被水圍繞的小面積陸地。
　　　　② **珍而重之**：珍惜、重視某些人或事物。

直述句和
轉述句

把字句和
被字句

句子語氣

遞進複句

有一次，一個園丁忘記澆水，差點兒令園子裏的太陽花全部枯萎，國王大發雷霆①，把他囚禁起來好幾個月；又有一次，他心愛的小公主為了捉小兔子，走進太陽花圍，不小心把幾朵小花踏扁了，他生氣得幾天都不跟小公主說話。王宮裏的人都知道他視花如命，對別墅裏的每一朵太陽花都不敢掉以輕心②。

一直以來，每逢國王心情不好或空閒的時候，都很喜歡來到太陽島的別墅度假。最近，國王忙於處理政務，加上前幾天患上感冒，身心俱疲，這幾個星期都悶悶不樂的，於是他打算去度假幾天，好好休息一下，順

釋詞　① **大發雷霆**：大發脾氣，比喻非常生氣。
② **掉以輕心**：處理事情時，抱着漫不經心、不認真的態度。

便採集一些太陽花，於他的生日宴會中布置場地。

　　國王心煩了好幾個星期，所以很想一個人獨處，除了近身侍從阿東和阿星二人，不打算帶上任何侍衛。王后和兩位王子很擔心國王的安全，可是花了不少唇舌[1]，希望他帶上侍衛，國王卻仍然堅持，大家都拿他沒辦法。

　　這幾天，國王一直忙於打理別墅裏的太陽花，自己一手一腳施肥、澆水，看着太陽花開得燦爛，心情舒暢了不少，身體也漸漸恢復了，他期待着自己那個放滿太陽花的生日宴會。

　　有一天晚上，夜闌人靜[2]，大家都睡覺

① 唇舌：勸說的言語。
② 夜闌人靜：形容夜深了，四周非常寂靜。

直述句和轉述句

把字句和被字句

句子語氣

遞進複句

了。突然，一羣穿着黑衣服的賊人直闖進別墅，手持一把長長的利劍走進了國王的寢室。侍從阿東看見賊人走了進來，嚇得手忙腳亂，來不及作出反應，不停地大聲喊：「國王有危險，快保護國王！」旁邊那個阿星還是熟睡得像豬一樣。幸好，國王的反應非常

靈敏，一聽到阿東的聲音，便馬上醒了過來，徒手把賊人制服，還把他們囚禁起來。

可憐的阿東不諳武功，被突如其來的賊人嚇得半死，好一陣子都講不出話來。幸好國王安然無恙，他才稍為平靜下來。阿星起牀時伸伸懶腰，發現周圍亂得如戰場一樣，

直述句和轉述句

把字句和被字句

句子語氣

遞進複句

才知道剛才發生了重大的事件，連忙向國王道歉。

國王覺得自己非常勇猛，心情大好，說：「沒關係！沒關係！我的身手十分敏捷，用不着你們兩個傻乎乎的人來保護。」他舉一舉手臂，沾沾自喜^①地吩咐<u>阿東</u>說：「快替我寫一張便條送到王宮，好讓他們知道我寶刀未老，還可以徒手制服賊人，不用為我擔心。」

<u>阿東</u>被賊人嚇得臉色青白，沒精打采的，<u>阿星</u>心中很內疚，主動說要幫忙寫便條。<u>阿星</u>平日只負責清潔、打掃，從未試過替國王處理文件的工作，<u>阿東</u>實在不放心，可是怕耽誤國王，只好答應了，還再三叮囑

釋詞　① 沾沾自喜：自以為得意而滿足。

他做事要小心謹慎。

　　阿星把便條寫好了，打算給阿東過目就送到王宮去，可是看見阿東正在休息，不想打擾他，便自行找鴿子去送信了。

> 昨晚，一羣賊人手持利劍，闖入別墅，把國王制服，還把國王囚禁起來。

　　過了一天，王宮裏的人收到國王的信，便交給森森王子。森森王子知道國王被人囚禁着，十分緊張，本想找包包王子一起前往拯救。不過，他心想：這不是我向國王展現實力的好機會嗎？於是，他看了信後，隨手把便條丟掉，也沒有把事情告訴包包王子，然後親自率領一支軍隊前往太陽島，拯救國王。

走了很久的路，終於到達太陽島的別墅，森森王子高聲地喊：「國王被囚禁着，士兵們務必搜遍別墅的每一個角落，救救國王！」軍隊們騎着戰馬分頭行事，到處搜尋，更不惜踏在太陽花上。找了好一會兒，軍隊們都找不到國王的蹤影，只好向森森王子匯報。

這時，阿東、阿星跟隨着國王正好從外面回來，看到別墅前擠滿士兵，都嚇了一跳。森森王子看到國王安然無恙，高興得抱着國王，説：「沒事就好了！沒事就好了！」他忽然想起昨天收到的便條，覺得有點奇怪，疑惑地問：「國王，不是説你被賊人囚禁着嗎？那是誰寫的便條呢？」國王、阿東都不明白他的話，負責寫便條的阿星急着回應説：「森森王子，我是告訴你們賊人被國

王囚禁起來，我一定不會寫錯的。」他和王子二人各執一詞，始終不能找出真相。

國王看到遍地的太陽花被踐踏得體無完膚，已經生氣得說不出話來。森森王子知道自己闖下了大禍，很想跟國王解釋清楚，可是那張便條已被他丟掉了。

可憐的國王看着遍地枯萎的太陽花，想到自己以太陽花作為主題的生日宴會落空了，非常失望。

句子小教室

　　阿星不小心把「被」字寫成「把」字，竟然令便條上的句子意思完全不同了。森森王子以為國王被賊人囚禁着，於是帶領一隊軍隊前往太陽島的別墅，拯救國王。他吩咐士兵搜遍別墅的每一個角落，不惜把遍地的太陽花踐踏得體無完膚，令國王生氣了。

什麼是把字句和被字句？

　　當句子中涉及動作，有施事者或受事者，我們可將「把」字或「被」字加入句子中，變為把字句或被字句。

一、把字句

　　把字句是主動句，表示對人或事物施加某些動作，強調的是動作發出者。

句子結構通常為：
施事者 + 把 + 受事者 + 動作
例子

國王大發雷霆，把他囚禁起來好幾個月。

二、被字句

　　被字句是被動句，表示人或事物被「處置」的狀態，強調的是動作承受者。

句子結構通常為：

1. 受事者 + 被 + 施事者 + 動作

例子

國王被賊人囚禁着。

2. 受事者 + 被 + 動作

例子

國王被囚禁着。

把字句和被字句的特點

　　被字句強調被動，一般有負面的感情色彩，用來描述不如意的事，但如今也有人用「被」字來呈現正面的感情色彩。把字句的主語一般是施事者，而被字句的主語一般是受事者。

　　很多時候，把字句和被字句可以互相轉換，可是當施事者不明時，就不可以用把字句，一定要寫成被字句了。

句子練習

一、分析以下句子屬於把字句，還是被字句，在句子中的橫線上填「把」或「被」字，找出句子中的施事者和受事者，並圈出答案。

例子　賊人 ___被___ 國王囚禁着。

施事者：___國王___

受事者：___賊人___

句子是（ 把字句 /（被字句） ）。

1. 老師 _____ 圖書擺放整齊。

施事者：_____

受事者：_____

句子是（ 把字句 / 被字句 ）。

2. 商店裏的貨品_____顧客搶購一空。

施事者：_____

受事者：_____

句子是（ 把字句 / 被字句 ）。

3. 我＿＿＿＿＿＿＿＿＿禮物送給好朋友。

施事者：＿＿＿＿＿＿＿＿＿

受事者：＿＿＿＿＿＿＿＿＿

句子是（ 把字句 / 被字句 ）。

二、把下列的被字句改為把字句。

例子 骨頭被小狗吃掉了。

小狗把骨頭吃掉了。
＿＿＿＿＿＿＿＿＿＿＿＿＿＿＿＿＿＿＿＿

1. 櫥窗裏的花瓶被我打破了。

＿＿＿＿＿＿＿＿＿＿＿＿＿＿＿＿＿＿＿＿

2. 樹上的葉子被秋風吹落了。

＿＿＿＿＿＿＿＿＿＿＿＿＿＿＿＿＿＿＿＿

3. 牆壁被這羣孩子畫花了。

＿＿＿＿＿＿＿＿＿＿＿＿＿＿＿＿＿＿＿＿

三、把下列的把字句改為被字句。

例子　我把校服弄髒了。

校服被我弄髒了。

1. 颱風把老樹吹倒了。

2. 小蟲把這個蘋果咬壞了。

3. 烏雲把天空遮住，看來快下雨了。

句子語氣

像木頭一樣的包包王子

　　國王受到鄰國邀請，要出國參加一個國際會議，於是他安排了<u>包包</u>王子暫代他的工作。<u>包包</u>王子品性善良，做事勤奮用心，可是為人既內向又木訥①，不諳②表達，說話時目無表情、語氣平直，聽起來沒有什麼感情，像一塊木頭似的，所以很容易惹起別人的誤會。國王出門前再三叮嚀他說：「國王的工作很繁重，充滿挑戰，幸好我們國家人才濟濟，你一定要懂得與他們好好溝通，善

釋詞
① 木訥：質樸遲鈍，不擅長言語表達。
② 不諳：不了解、不熟悉。

用他們。」

　　能成為暫代國王，是很崇高的榮耀，大臣們都替<u>包包</u>王子高興。在會議開始前，各人特意上前向他祝賀，<u>古</u>將軍説：「恭喜王子可以暫代國王的工作！真替你高興！」地理大臣説：「有王子處理國務，實在是我們的福氣啊！」聽到大家熱情的祝賀，<u>包包</u>王子心裏很高興，可是性格木訥的他未能即時

真述句和轉述句

把字句和被字句

句子語氣

遞進複句

反應過來，只是冷淡地說了一句：「是的，我很高興。」聽到他平淡的回應，大臣們頓時感到非常尷尬，低聲地說：「這個包包王子對我們真冷漠啊！難道王子不喜歡我們嗎？」王子沒有用感歎句來表達自己強烈的感情，只用了一句陳述句，令大臣們覺得他很冷淡。

會議剛開始，包包王子就收到一封由黃村寄來的緊急信件，信中說：「連日下大雨，黃村到處出現水浸，村裏的房屋、農田都快被淹沒，村民要求緊急救援。」王子一向很關心百姓，知道黃村村民在水深火熱之中，心裏很難受，很希望可以馬上提供緊急的援助，可是他緊張得差點兒說不出話來，看着政務大臣，慢慢地說：「黃村村民很需要我們幫忙的。」說了這一句話後，他又沉默起

來了。王子沒有下任何命令和指示，政務大臣心裏覺得很奇怪，不知道王子的說話是不是在吩咐他工作。王子沒有使用祈使句來發出命令和請求，政務大臣不敢即時進行救災的工作。

律政大臣聽了王子的話，令他記得幾年前黃村同樣發生嚴重的水災，當日國王與大

臣們商討災情時的情景，他仍然歷歷在目。當時，國王聽到<u>黃村</u>的情況，立即激動地說：「真令人心痛！<u>黃村</u>的村民真是太可憐呢！」接着馬上吩咐政務大臣說：「請你馬上聯絡<u>黃村</u>村長了解情況吧！」還吩咐財政大臣：「快把足夠的食物送到<u>黃村</u>！」國王適當地使用感歎句，表達出自己悲傷和着急的情感，也能以祈使句來命令大臣進行救援工作。

比較了國王和王子的反應後，難怪律政大臣會覺得王子很不近人情，低聲地說：「你有沒有看到國王的樣子呢？<u>黃村</u>村民生命都受到威脅了，竟然不馬上命人救災，還表現出一副冷漠的模樣，太過分了！」

接下來，輪到財政大臣報告：「最近王宮很多地方需要修葺，花了一大筆錢，庫房

儲備不太足夠，我們要想想辦法。」大臣們看着包包王子，等待着他向眾人發問，收集意見，可是王子沉默了一會，並沒有提出任何疑問。王子沒有提問，大家都不敢作聲，心想：平日國王一定會問我們意見的，看來包包王子不太需要我們的幫忙了。王子等了很久，會議室裏仍然是寂靜無聲，他見大臣們無一人發言，心裏覺得很奇怪，喃喃自語地說：「或許他們也沒想到辦法，只好先擱置問題。」王子沒有使用疑問句來提問，大臣們都沒有機會說出自己的看法。

　　會議結束了，御廚布先生來到會議室。這幾天，他積極籌備國王的生日宴會，每天足不出戶，埋頭鑽研，終於做出一個令他滿意的蛋糕，他把蛋糕帶來，希望讓包包王子嘗一下味道。包包王子吃了一口，覺得非常

美味，卻平淡地説：「蛋糕的味道不錯。」
王子説話時的語氣並沒有表達出內心對御廚
布先生的讚賞，布先生聽了他的話，又看了
看他的表情，心中有點失望，心想：王子説
話時面無表情，語調平淡，或許我還未做出
最好的味道。然後，他只好回到廚房繼續工

作了。

　　對於<u>包包</u>王子來說，國王的工作確實不容易，他在會議上花上了大半天，卻沒有好好處理政事，<u>黃村</u>救災的工作未有安排，庫房儲備不足的問題也沒有新的解決方案。他覺得大臣們做事不積極，不太願意跟他合

直述句和轉述句

把字句和被字句

句子語氣

遞進複句

作。另一方面，大臣們覺得<u>包包</u>王子的態度冷漠，又不重視他們的能力，心中有點兒不滿意。

　　<u>阿東</u>知道<u>包包</u>王子是一個善良和熱心工作的人，只是他不善於表達，沒有運用合適的說話語氣才會引起大家的誤會，所以主動去找<u>包包</u>王子，希望可以幫忙解決問題，讓大家好好處理政事，不要國王擔心。他告訴王子：「不同場合和情境，要有不同的語氣。需要問別人意見時，要使用疑問句；對人發出命令、有所請求時，要使用祈使句；表示某種強烈的感情時，就要使用感歎句。」

　　<u>包包</u>王子回想自己說話時的語氣，終於明白自己的問題所在，知道只用陳述句來與人溝通是不足夠的，他決定要跟<u>阿東</u>好好學習，期望明天可以順利完成所有工作。

句子小教室

　　國王知道包包王子做事勤奮用心，委託他暫代國王的工作，可是王子為人既內向又木訥，說話時目無表情，像機械人一樣。在任何的情況下，他說話時都用語調平直的陳述句，引起大臣們的誤會，古將軍和地理大臣覺得他很冷淡；律政大臣覺得他對災民冷漠無情；財政大臣覺得他為人自我……王子花了大半天，卻未能在會議上好好處理政事。幸好，阿東主動前來幫助他，令他明白在不同場合和情境下，要懂得運用不同的句子語氣。

什麼是句子語氣？

　　句子可以用不同的標準來分類，常見有兩種：一種是按結構，二是按語氣和用途，而句子的語氣大致可以分為陳述句、疑問句、祈使句、感歎句四類。

一、陳述句

　　陳述句是以陳述語氣述說一件事情的句子，可用肯定或否定形式表達。當句子的意思完整表達後，末尾多加上「了」、「的」等語氣助詞，還會用上句號。句子

語調較為平直，句尾略降，語義直白，能夠全面地講述和說明事情。

例子
黃村村民很需要我們幫忙的。
會議結束了，御廚布先生來到會議室。

二、疑問句

疑問句是提出問題、表示疑問語氣的句子，在句中會使用疑問詞，如「為什麼」、「誰」、「是不是」等，末尾會用上問號。有時，在句子末會加上「嗎」、「呢」等語氣助詞。

另外，反問句也是疑問句的一種，是以疑問句的形式表達肯定或否定的意思。

例子
你有沒有看到國王的樣子呢？
難道王子不喜歡我們嗎？

三、祈使句

祈使句是表示命令、請求、催促、警告、勸阻、禁止等語氣的句子，末尾多加上「吧」等語氣助詞。當語

氣較強時,會用上感歎號;當語氣緩慢、委婉時,就會用上句號。

例子

請你馬上聯絡<u>黃村</u>村長了解情況吧!
快把足夠的食物送到<u>黃村</u>!

四、感歎句

　　感歎句是表示感歎語氣的句子,用來抒發強烈感情,如喜悅、憤怒、驚訝、悲哀等情感,末尾多加上「啊」、「呢」等語氣助詞,還會用上感歎號。感歎句中常使用「啊、哦、唉、喂」等歎詞和「多麼、實在、太、真、好、極」等副詞。

例子

這個<u>包包王子</u>對我們真冷漠啊!
真令人心痛!<u>黃村</u>的村民真是太可憐呢!

一、根據句子語氣的特點，在表格中填上適當的答案。

句子語氣	作用	標點符號
陳述句	以陳述語氣述說一件事情的句子，可用_____或_____形式表達。	末尾用上_____。
_____	提出問題，表示疑問語氣的句子。	末尾用上_____。
_____	表示命令、請求、催促、警告、勸阻、禁止等語氣的句子。	語氣較強時，末尾多用上_____；語氣緩慢、委婉時，就會用上_____。
感歎句	表示_____語氣的句子，用來抒發_____感情。	末尾用上_____。

二、分辨下列句子的語氣，把代表英文字母填在括號內。

A. 陳述句　　　B. 祈使句　　　C. 疑問句　　　D. 感歎句

例子　小鳥叼着小蟲回到鳥巢。　　　　　　　　（　A　）

1. 他生長在一個貧窮的家庭。　　　　　　　　　（　　）

2. 你有沒有把我們的想法轉告老師？　　　　　　（　　）

3. 這個樂園的設計真多！好玩極了！　　　　　　（　　）

4. 請你把垃圾放在廢物箱裏！　　　　　　　　　（　　）

5. 走開！這件事件與你無關。　　　　　　　　　（　　）

6. 大熊貓和北極熊都是瀕臨絕種的動物。　　　　（　　）

7. 誰把這碗炒飯吃光了？　　　　　　　　　　　（　　）

8. 這幅圖畫畫得太好了！　　　　　　　　　　　（　　）

三、根據括號內的指示，改寫國王的說話為不同語氣的
　　句子。

例子　國王覺得今天的天氣很好。（改寫成陳述句）

今天的天氣很好。

1. 國王覺得蛋糕的味道很不錯。（改寫成感歎句）

_____

2. 國王想知道這個蛋糕用了什麼材料製作。（改寫成疑問句）

_____

3. 國王想請阿東把蛋糕分給大臣們吃。（改寫成祈使句）

_____

遞進複句

方寸大亂的阿星

　　阿東在王宮工作多年，負責服侍國王，雖然國王為人較情緒化，心情陰晴不定①，說話也喜歡繞來繞去，不直接說出自己的想法，但是他總是很了解國王的心意，把國王照顧得無微不至②。所以，他不僅是國王最喜歡的侍從，更是國王最信任的侍從。王宮裏的侍從們都很欣賞阿東，覺得他既聰明又細心，憑着國王的一句說話，他就能夠猜中

釋詞
① 陰晴不定：比喻人的性格不穩定，喜怒無常。
② 無微不至：每一個細微的地方都照顧到，形容非常細心、周到。

國王的喜好，做出國王心中所想。

今天，國王吩咐阿東出外辦事，要晚上才回來。阿東安排了阿星跟隨着國王，交代好工作後，便出門去了。

阿星來到國王的寢室，首要工作是布置好房間，在花瓶上插花。他問：「國王，請問今天要插什麼花呢？」國王往窗外看了一看，說：「我不只喜歡鮮紅色的太陽花，更喜歡淡黃色的太陽花。」阿星聽罷，馬上走到倉庫去拿花，他一看見紅色的太陽花開得非常燦爛，心想：國王說他喜歡這個顏色的太陽花，便急不及待拿了一束，趕緊回去工作。

國王梳洗完後，看到房間裏擺放着一束紅色太陽花，瞥了阿星一眼，一言不發就出去了。阿星自言自語地說：「國王不是說喜

歡鮮紅和淡黃色的太陽花嗎？為什麼看來不太高興？」<u>阿星</u>來不及問，便趕緊跟隨國王出去，不敢怠慢。

國王走到會議室，大臣們正要跟他商討下個月<u>句式國</u>周年慶典中，國王要穿的禮服。由於國王的喜好時有不同，一時喜歡高調浮誇，一時喜歡低調純樸，所以裁縫總是有兩手準備，他把兩件禮服放在國王的面前，說：「這一件禮服金光閃閃的，用稀有的絲綢來縫製，鑲了幾十顆名貴的紅寶石，非常尊貴；另一件禮服雖然沒有用上名貴的布匹，不過手工非常精緻，我們花了幾天時間來繡上活龍活現的喜鵲，純樸精美。」

國王想了一想，說：「我在生日宴會中尚且穿上鑲了名貴珍珠的禮服，何況是我們國家的六十周年慶典。」他揮一揮手指，對

阿星說：「快把那件禮服送到我的寢室去。」
然後，他便獨自回到寢室等着。阿星站在兩
件禮服前呆着，無從下手，他不明白國王的
話表示什麼，正糾結着國王究竟想要哪一件
禮服。「何況是我們國家的六十周年慶典。」
這句話是想表示國王認為周年慶典比生日宴

會更重要，還是不重要呢？<u>阿星</u>始終想不出答案來。最後，他隨意選了那件繡上喜鵲的禮服，並把它送到國王的寢室裏。

國王看到那件純樸的禮服，面色一沉，說：「我覺得你沒有用心服侍我，甚至讓我懷疑你在跟我作對。」<u>阿星</u>見國王怒目相

直述句和
轉述句

把字句和
被字句

句子語氣

遞進複句

向，低着頭不敢作聲，心中滿是委屈。

晚上，國王來到王宮的後院，跟幾位朋友坐在涼亭裏，一面談天說地，一面吃着<u>句式國</u>的特色小食。國王指着周圍的果樹，神氣地說：「我們國家土地肥沃，種出來的水果不但款式多，而且味道極好！」說着，他吩咐<u>阿星</u>說：「我不只愛喝鳳梨汁，更愛喝荔枝汁。快叫廚子準備，讓我們解解渴！」

<u>阿星</u>不知道國王究竟想喝什麼果汁，但又不敢打擾正在談笑風生①的國王，他一面走到廚房，一面在想辦法。「我不只愛喝鳳梨汁，更愛喝荔枝汁。」這句話是指國王喜歡喝什麼果汁呢？他喃喃自語。

<u>阿星</u>來到廚房，對裏面的人說：「國王想

釋詞 ① 談笑風生：說話時有說有笑，興致高昂，言辭風趣。

要幾杯⋯⋯」他猶豫了很久，仍拿不定主意，心想：拿紅色的太陽花，不對！拿簡樸的禮服，又不對！心裏有點不知所措。廚房裏的人都看着<u>阿星</u>，等待着他的指示，他方寸大亂[1]，便對廚子説：「鳳梨汁和荔枝汁混合在一起吧！」廚師們覺得有點兒奇怪，卻不敢違命[2]，只能照辦。

　　<u>阿星</u>捧着幾杯奇怪的果汁出去，剛出廚房時，<u>阿東</u>焦急地跑了過來，一手搶去他手上的盤子，説：「你快闖下大禍了！國王的話是指他想喝荔枝汁呢！」他請廚子重新再做幾杯荔枝汁，讓<u>阿星</u>捧出去。

直述句和轉述句
把字句和被字句
句子語氣
遞進複句

釋詞　① **方寸大亂**：形容內心很亂，沒有主意。
　　　　② **違命**：違抗命令。

65

國王接過果汁，大口大口地喝下去，對着朋友說：「都說我們國家種的荔枝又香又清甜，做出來的果汁味道極好，比鳳梨汁更要美味，我就是想請你們來品嘗一下！」幸好阿東及時趕到，不然可憐的阿星一定會被國王責罰了。

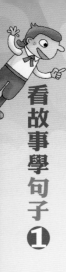

句子小教室

　　國王沒有直接說出自己的想法，卻用了遞進複句來表達，<u>阿星</u>不及<u>阿東</u>聰明和細心，未能從說話中解讀國王的心意，多次犯錯。幸好，<u>阿東</u>及時回來，否則國王和他的朋友喝下了鳳梨和荔枝混合一起的果汁，後果就不堪設想了。

什麼是遞進複句？

　　遞進複句是由兩個或以上的分句組成。前面分句常用「不但」、「不只」、「尚且」；後面分句常用「而且」、「還」、「更」、「甚至」、「何況」等。

　　在遞進複句中，後面分句比前面分句的意思更進一層，表達「遞進關係」。

常見的關聯詞：

尚且……何況……

不但 / 不僅 / 不只……而且 / 並且 / 還 / 更 / 還是……

例子

1. 國王想了一想，說：「我在生日宴會中尚且穿上鑲上名貴珍珠的禮服，何況是我們國家的六十周年慶典。」

2. 國王指着周圍的果樹，神氣地說：「我們國家土地肥沃，種出來的水果不但款式多，而且味道極好！」

3. 國王往窗外看了一看，說：「我不只喜歡鮮紅色的太陽花，更喜歡淡黃色的太陽花。」

句子練習

一、在橫線上填上適當的關聯詞，完成遞進複句。

1. 他對陌生人尚且有半點憐憫之心，＿＿＿＿＿＿ 你是他的好朋友呢！

2. 他 ＿＿＿＿＿＿ 沒有承認錯誤，反而把錯誤推給別人。

3. 陳老師不但教導我們知識，＿＿＿＿＿＿ 幫我們建立正確的價值觀。

4. 這道小菜不但味道好，＿＿＿＿＿＿ 很有營養。

5. 他的成績 ＿＿＿＿＿＿ 是全班第一名，更是全級的第一名。

6. 這個大衣櫃爸爸 ＿＿＿＿＿＿ 不能搬動，何況是我們這些小孩子呢？

二、分辨以下句子是不是遞進複句。是的，在括號內填
✔；不是的，在括號內填 ✘。

1. 狗不但是人類的寵物，更是人類的好朋友。 （　　）

2. 雖然我不認識你，但是我會盡力幫助你的。 （　　）

3. 因為外面下着大雨，所以比賽取消了。 （　　）

4. 這部電影不但內容充實，而且具教育意義。 （　　）

5. 這個任務很艱苦，大人尚且辦不到，何況 （　　）
　　他只是個小孩。

6. 無論你有什麼原因，都不應該違反交通規 （　　）
　　則。

三、根據括號內的關聯詞，把以下各組句子改寫成遞進
　　複句。

例子　孔子是偉大的教育家。孔子是偉大的思想家。
　　　（不但……而且……）

孔子不但是偉大的教育家，而且是偉大的思想家。

71

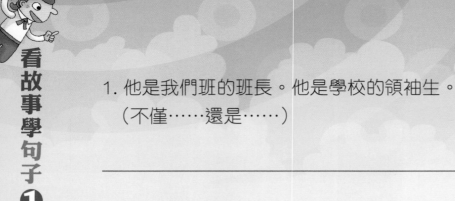

看故事學句子 ❶

1. 他是我們班的班長。他是學校的領袖生。
   （不僅⋯⋯還是⋯⋯）

   _____

   _____

2. 火龍果含有維生素。火龍果含有豐富的花青素，能保
   護眼睛。 （不但⋯⋯還⋯⋯）

   _____

   _____

3. 這道數學題很難。中學生不會做。小學生不會做。
   （尚且⋯⋯何況⋯⋯）

   _____

   _____

答案

《害人終害己》（P.24-25）

一、　1. 直述句
　　　 2. 轉述句
　　　 3. 轉述句
　　　 4. 直述句
　　　 5. 直述句
　　　 6. 轉述句

二、　1. 老師對我說她在忙，請我先回教室去。／
　　　　　老師告訴我她在忙，請我先回教室去。
　　　 2. 我問哥哥為什麼不吃糖果。
　　　 3. 媽媽告訴文偉他考獲全班的第一名。

《一字之差》（P.39-41）

一、　1. 把；老師；圖書；把字句
　　　 2. 被；顧客；商店裏的貨品；被字句
　　　 3. 把；我；禮物；把字句

二、　1. 我把櫥窗裏的花瓶打破了。

　　　2. 秋風把樹上的葉子吹落了。

　　　3. 這羣孩子把牆壁畫花了。

三、　1. 老樹被颱風吹倒了。

　　　2. 這個蘋果被小蟲咬壞了。

　　　3. 天空被烏雲遮住，看來快下雨了。

《像木頭一樣的包包王子》（P.55-57）

一、

句子語氣	作用	標點符號
陳述句	以陳述語氣述說一件事情的句子，可用＿＿＿肯定＿＿＿或＿＿＿否定＿＿＿形式表達。	末尾用上＿＿句號＿＿。
＿＿疑問句＿＿	提出問題，表示疑問語氣的句子。	末尾用上＿＿問號＿＿。
＿＿祈使句＿＿	表示命令、請求、催促、警告、勸阻、禁止等語氣的句子。	語氣較強時，末尾多用上＿＿感歎號＿＿；語氣緩慢、委婉時，就會用上＿＿句號＿＿。

感歎句	表示＿＿＿*感歎*＿＿＿語氣的句子，用來抒發＿＿＿*強烈*＿＿＿感情。	末尾用上＿＿*感歎號*＿＿。

二、 1. A
　　 2. C
　　 3. D
　　 4. B
　　 5. B
　　 6. A
　　 7. C
　　 8. D

三、 1. 這個蛋糕的味道真不錯啊！（參考答案）
　　 2. 這個蛋糕用了什麼材料製作呢？（參考答案）
　　 3. 請把蛋糕分給大臣們吃吧！（參考答案）

《方寸大亂的阿星》（P.70-72）

一、 1. 何況
　　 2. 不但／不僅／不只
　　 3. 而且／還／更

75

4. 而且 / 還 / 更
5. 不但 / 不僅 / 不只
6. 尚且

二、 1. ✔
2. ✘
3. ✘
4. ✔
5. ✔
6. ✘

三、 1. 他不僅是我們班的班長，還是學校的領袖生。
2. 火龍果不但含有維生素，還含有豐富的花青素，能保護眼睛。
3. 這道數學題很難，中學生尚且不會做，何況小學生。